빨간 머리 앤
명대사 필사

빨간 머리 앤 명언 필사

발 행 | 2020-7-17

저 자 | 루시 모드 몽고메리

기획·디자인 | 꽃마리쌤

펴낸이 | 한건희

펴낸곳 | 주식회사 부크크

출판사등록 | 2014.07.15(제2014-16호)

주 소 | 서울 금천구 가산디지털1로 119, A동 305호

전 화 | 1670 - 8316

이메일 | info@bookk.co.kr

ISBN | 979-11-372-8845-4

www.bookk.co.kr

빨간 머리 앤
명대사 필사

Lucy Maud Montgomery

"오늘도 일곱 자루 연필을 해치웠다.
필사합시다. 지금 당장!"

- 어니스트 헤밍웨이

필사는 "손가락 끝으로
고추장을 찍어 먹어 보는 맛!"

- 안도현 시인

차례

희망

앞으로 알아낼 것이 많다는 건 참 좋은 일 같아요!
만약 이것저것 다 알고 있다면 무슨 재미가 있겠어요?
그럼 상상할 일도 없잖아요!

아저씨

이제 왜 제가 완전하게 행복할 수 없는지 아셨겠죠?

전 주근깨나 비쩍 마른 건 신경 쓰지 않아요

그런 건 상상으로 아름답게 꾸미면 되니까요

하지만 빨강 머리는 어쩔 수가 없어요

역시 빨강 머리만은 없어지지 않는 걸요

정말 가슴이 미어터질 것 같아요

평생을 붙어 다닐 슬픔일 거예요!

아! 이렇게 좋은 날이 또 있을까
이런 날에 살아 있다는 사실만으로도 행복하지 않니?
이런 날의 행복을 누리지 못하는
아직 태어나지 못한 사람들이 불쌍해
물론 그 사람들에게도 좋은 날이 닥쳐오긴 하겠지만
그렇지만 오늘이라는 이날은 두 번 다시
오지 않을 거니까 말이야

전요.

뭔가를 즐겁게 기다리는 것에

그 즐거움의 절반은 있다고 생각해요

그 즐거움이 일어나지 않는다고 해도

즐거움을 기다리는 동안의 기쁨이란

틀림없이 나만의 것이니까요

아! 일찍 핀 들장미예요
아! 아름다워라
틀림없이 장미꽃으로 태어나길 잘했다고
생각하고 있을 거예요
만약 장미꽃이 말을 할 수 있다면 얼마나 좋을까요
분명히 매력적이고 재밌는 말만 했을 거예요

야망에는 결코 끝이 없는 것 같아
바로 그게 야망의 제일 좋은 점이지
하나의 목표를 이루자마자
또 다른 목표가 더 높은 곳에서 반짝이고 있잖아
야망은 가질 값어치가 있지만
손에 넣는다는 건 쉬운 일은 아니야
자기부정, 불안, 실망이라는
그 나름대로의 장애물을 거쳐
싸워 나가야 하는 것이니까

저요, 오늘 아침엔 절망의 구렁텅이에 빠져 있지 않아요
아침부터 그런 절망의 구렁텅이에 빠져 있어야 되겠어요?
아침이 있다는 건 참 좋은 일이에요!

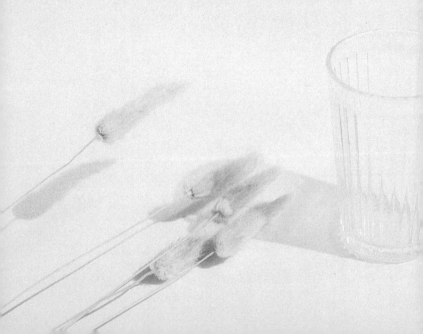

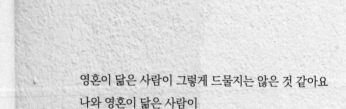

영혼이 닮은 사람이 그렇게 드물지는 않은 것 같아요
나와 영혼이 닮은 사람이
이 세상에 많다는 건 정말 근사해요

이 세상에 10월이라는 달이 있다는 건
정말 고마운 일이에요.
이 아름다운 달을 건너뛰어서
9월에서 11월로 건너뛴다면
얼마나 인생은 멋이 없을까...?

여행이란

신기하지 않아요?
누군가를 기쁘게 해주려고
무엇이든 할 수 있다는 게 말이에요!

전 유리 문에 비친 자신의 모습을
그 속에 살고 있는 예쁜 여자아이라고
상상하곤 했던 거예요
전 그 아이에게 캐시 모리스라고 이름을 붙이고
우린 아주 사이좋게 지냈어요

만약 누군가 야단을 쳐야 한다면,
절 야단쳐주세요
전 야단을 많이 맞았기 때문에
다이애나보다 훨씬 더 잘 견딜 수 있다고요

행복한 나날이란

멋지고 놀라운 일들이 일어나는 날들이 아니라

진주알이 하나하나 한 줄로 꿰어지듯이

소박하고 자잘한 기쁨들이

조용히 이어지는 날들인 것 같아요

이 세상은 남의 고통을 분담하며
서로 돕고 사는 거란 얘긴 들었지만
지금까지 편하게 살아온 저한테
드디어 그 순서가 찾아온 것 같네요

정말 즐거웠어요

제 생애에 있어 큰 사건이었단 생각이 들어요

하지만 가장 좋았던 건

역시 집으로 돌아온 일이었어요

곱다고요?
곱다는 말은 딱 들어맞지가 않아요
아름답다도 정확하지 않아요!
여기가 찡하게 아파 오잖아요
진심으로 아름다운 걸 보면
그렇게 돼요

보랏빛 수정은 정말 아름다운 보석이군요
보랏빛 수정에는 작은 제비꽃의
영혼이 담겨 있는 것 같지 않아요?

어젯밤의 그 절망은 이제 사라졌어요.
찬란한 아침이 절망을 몰고 갔어요...

정말
모르세요?

내 속엔 여러 가지 앤이 들어 있나 봐
가끔씩은 난 왜 이렇게 골치 아픈 존재인가, 하는
생각이 들기도 해
내가 한결같은 앤이라면 훨씬 더 편하겠지만
재미는 지금의 절반밖에 되지 않을 거야

정말 모르세요?
한 사람이 저지르는 실수에는
틀림없이 한계가 있을 거예요
아, 그렇게 생각하면 마음이 놓여요

갈매기가 되고 싶지 않아?
난 지금처럼 여자로 태어나지 않았다면
갈매기가 되고 싶어
해 뜰 때 일어나 바다 위를 가르며
하루 종일 푸른 바다 위를 나는 거야

인간은 괴롭다고 해서 고통을 잘라버릴 수는 없는 거야
그게 인간의 양심이란 거지
적어도 앤이 대학에 진학하는 걸
두 분이 기뻐하고 계시는 한
거기에 대해 감사함을 잊지 말고. 괴로움을 안은 채
훌륭하게 대학을 졸업하는 게 앤이 취해야 할 길이며
두 분의 기대에 보답하는 일이 아닐까
앤이 그런 괴로움을 안고 있다는 것을
나는 기쁘게 생각하고 있어

정말 만남은 작별의 시작이라지만...
전 선생님이 그렇게 좋아서 울었던 건 아니에요
다른 아이들이 울었기 때문이있어요

아주머니 실컷 울게 해주세요
우는 게 그 아픔보다는 덜 괴로워요
얼마 동안 제 방에 있어 주세요
저 좀 안아주세요

지금이니까 하는 말이지만...
나는 말이지 이럴 때가 아니라면
생각한 걸 입 밖에 내서 말하지 못한단다...

앤, 넌 말이야
내가 진통을 겪으면서 낳은
친딸처럼 사랑스럽다고 느끼고 있어
초록지붕 집에 살게 되면서부터
너만이 나의 기쁨이었고, 위안이었단다

아저씨께서 안 계시니 너무나 쓸쓸해요

그런데도 이 세상이나 인생이 무척 아름답고

흥미 있는 것으로 생각돼요

오늘만 해도 다이애나가 우스운 말을 했을 때,

전 무심코 웃어버렸어요

그 일이 있었을 때, 전 이제 다시는

웃을 수 없을 거라고 생각했었는데

무엇보다 전 웃으면 안 된다는 느낌이 드는 거예요

침묵의 기술

거억해
너에게는 친구가 있다는 것을
방황의 길을 오래 걷게 되더라도

널 영원히 잊지 않겠다고 약속해 주겠니?
어떤 사람도 널 사랑한 것처럼
사랑할 순 없을 거야

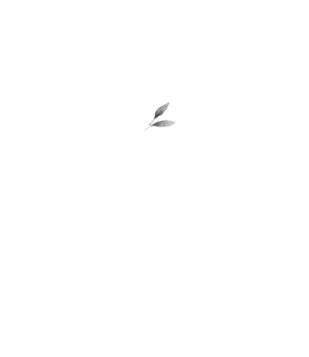

제 친구는 크게 자라면
많은 애인들을 마음대로 조종해서
자기에게 열중하게 하겠다고 했지만
저 같으면 착실한 연인이
한 사람이면 충분할 것 같아요

크고 굉장한 생각은 그에 걸맞게
크고 굉장한 말들로 표현해 주어야 해요

어른의 시간

그렇지만 마릴라 아주머니
이토록 흥미진진한 세상에서
슬픔에 오래 잠겨 있기란
힘든 일이지요, 그렇죠?

엘리자가 말했어요
세상은 생각대로 되지 않는다고
하지만 생각대로 되지 않는다는 건 정말 멋져요
생각지도 못했던 일이 일어나는 걸요

나는 마음껏 기뻐하고, 슬퍼할 거예요
이런 날 보고 사람들은 감상적이라느니
감정을 조절하지 못하고 표현한다고 수군거리겠지만
나는 삶이 주는 기쁨과 슬픔,
그 모든 것을 아무리 작은 것이라 해도
마음껏 느끼고 표현하고 싶어요

5분 전만 해도 너무 비참해서
태어나지 않았길 바랐었는데
지금은 천사와도 바꾸지 않을 거예요

이 방에는 멋진 물건이 너무 많아서
상상할 여지가 없어 보이네요
가난한 사람이 가지는 한 가지 위안은
상상할 것들이 무수히 많다는 것이랍니다

난 최선을 다해 공부했고
노력의 기쁨이란 게 어떤 것인지
그 뜻을 알게 된 것 같아
열심히 노력해서 이기는 것
다음으로 좋은 것은
열심히 노력했으나 졌다는 것이야

네가 이름 지은, 기쁨의 하얀 길
지금쯤은 사과 꽃이
아름답게 피어 있을 거다
모든 게 작년과 똑같게 말이다!

이 저녁이 마치 보랏빛 꿈같지 않니?
이걸 보니 살아 있는 게 기뻐
난 항상 아침이 최고라고 생각하는데
저녁이 오면 또 저녁이 더 멋진 것 같아

앞일을 생각하는 건 즐거운 일이에요
이루어질 수 없을지는 몰라도
미리 생각해 보는 건 자유거든요
린드 아주머니는 '아무것도 기대하지 않는 사람은
아무런 실망도 하지 않으니 다행이지'라고 말씀하셨어요
하지만 저는 실망하는 것보다
아무것도 기대하지 않는 게 더 나쁘다고 생각해요

빨간 머리 앤 명언 필사